EL PEQUEÑO GUERRERO

EL PEQUEÑO GUERRERO

ALDIVAN TORRES

Canary Of Joy

CONTENTS

CHAPTER 1

"El pequeño guerrero»
    Aldivan Teixeira Torres
El pequeño guerrero

Autor: Aldivan Teixeira Torres
© 2019-Aldivan Teixeira Torres
Reservados todos los derechos

Aldivan Teixeira Torres es un escritor consolidado en varios géneros. Hasta la fecha, se han publicado títulos en decenas de idiomas. Desde temprana edad, siempre fue un amante del arte de escribir habiendo consolidado una carrera profesional desde el segundo semestre de 2013. Espera con sus escritos contribuir a la cultura internacional, despertando el placer de la lectura en quienes aún no tienen el hábito. Su misión es conquistar el corazón de cada uno de sus lectores. Además de la literatura, sus principales gustos son la música, los viajes, los amigos, la familia y el placer de vivir. "Por la literatura, la igualdad, la fraternidad, la justicia, la dignidad y el honor del ser humano siempre" es su lema.

8-Pre-vida

Un espíritu descansa en el séptimo cielo después de una larga e intensa vida material e inmaterial. Entre ellos, participó con otros espíritus en la creación del universo hace aproximadamente catorce mil millones de años, ayudando a los seres creados en su formación y desarrollo.

Más recientemente, con la creación de la Tierra, fue trasladado aquí. Junto con los seis arcángeles superiores, organizaron un moderno sistema de administración que tenía como objetivo establecer el reino celestial. Esta situación los puso a cargo de miles de millones de seres recién creados por la luz suprema.

Han pasado millones de años en pura armonía. Hasta que, por puro orgullo, uno de los arcángeles se desvió de las normas del padre mayor.

Inició una revuelta en el plano celeste cuyo principal objetivo era tomar el poder solo para él.

Los ángeles se dividieron en dos frentes de batalla, uno a favor del arcángel negro y el otro a favor de la luz, el hijo de la luz y los seis arcángeles restantes. El número de rebeldes se estimó en un tercio del total.

En esta batalla, la más grande de todos los tiempos, se sacrificaron muchas vidas por la vida y la libertad. Dios solo se entrometió cuando ganó una proporción inesperada (los ángeles tenían libre albedrío), amenazando el sustento del universo.

Entonces la luz suprema prendió fuego al campo de batalla, separando a las partes disidentes. Con la ayuda de Miguel, el arcángel negro y sus compinches fueron encerrados en el abismo (Un lugar oscuro, caluroso y horrible) del que solo podían salir con permiso.

Entonces reinó la paz. El espíritu del que hablo ha vuelto a sus actividades normales. Encarnó en la tierra varias veces tan pronto como comenzó la creación material. En estas oportunidades, tuvo la oportunidad de evolucionar y enseñar al mismo tiempo.

En el momento adecuado, una vez más el ciclo comenzó de nuevo con el espíritu llamado por la luz para otra importante misión en el planeta Tierra. Su concepción data del 17 de octubre de 1982. ¡Adelante, guerrero!

9-Nacimiento

El día finalmente llega después de nueve meses de expectativa para la pareja de agricultores José Figueira Torres y Mary que viven en Pueblo de las Hojas. Como la atención médica era más apreciada en el municipio vecino, Arcoverde, doña María fue enviada allí.

Durante los treinta minutos de viaje, en un automóvil, un jeep nuevo (año 1980), vivió los momentos finales de un embarazo de riesgo en compañía de su esposo. Aunque tenía miedo, hizo todo lo posible para aguantar hasta que llegó al hospital.

Afortunadamente, lo hizo. Llegaron a tiempo. El auto estacionado cerca de la entrada principal. Los dos cayeron. María, con un vestido largo sin estampado, sandalias sencillas, uñas y cabello por hacer. José vestía pantalón corto y camisa, sombrero de cuero y zapatos negros.

Ayudada a caminar por su esposo, en cinco minutos ingresaron al hospital. como el caso era urgente, María fue atendida de inmediato y enviada a la sala de partos. Mientras tanto, José se acomoda en la sala de espera.

José intenta distraerse de la mejor manera posible entre conversaciones, ver televisión, recuerdos de hechos pasados para engañar al nerviosismo y no pensar en lo peor. También aprovecha para analizar su rol como padre desde que se casó hasta el momento respectivo. Concluye que dejó mucho que desear porque estuvo muy involucrado con el trabajo, los prejuicios, la rigidez exagerada y hasta las traiciones ocultas.

¿Sería capaz de arreglarlo, convirtiéndose en un mejor padre para este nuevo hijo y para los cuatro ya mayores? Sí, podía, pero por el momento no estaba en sus planes cambiar. Prefirió permanecer en la ignorancia y la intolerancia, lección que aprendió de hijo en los cuarenta.

Fue una pena. Sigue distraído. En un momento, mire el reloj. Habían pasado tres horas y no había respuesta. Como no puede esperar más, se levanta y va a buscar a una de las enfermeras del hospital.

Encuentra a uno de ellos saliendo de la sala de partos y escucha el llanto de un bebé. Se informa que todo estuvo bien con la esposa y el hijo. Era un niño.

Radiante de alegría, se le permite entrar en la habitación. Al entrar en él, al ver la figura de la esposa con el niño, siente la misma emoción o incluso mayor que las otras cuatro veces. Era rico en las gracias del Señor.

Se acerca, abraza a su esposa, levanta a su hijo y llora. Rápidamente, se seca las lágrimas para no avergonzarse porque ha aprendido que un hombre no puede llorar en ninguna situación.

Pasado el momento, le devuelve el hijo a su esposa y va a ver a los médicos para darles de alta. Le dicen que por la noche podría salir del hospital.

Vuelve a quedarse con su esposa para cuidar al bebé. A las 12:00 pm, se sirve el almuerzo para ambos. Una hora después, finalmente son liberados. Salen del hospital, suben al coche y emprenden el viaje de regreso.

Serían otros treinta minutos. Al llegar a casa, toda la familia tendría la oportunidad de conocer al niño, que se llamaría Divino Torres, nieto del legendario Víctor Torres.

Sigamos adelante.

10-Los primeros cinco años

En este período, como cualquier niño normal, Divino Torres superó gradualmente las primeras etapas de la vida. Al principio, dependía de todos para todo. Pero a medida que pasaban los días y los meses, empezó a ponerse más firme, a sentarse, a gatear, a pronunciar las primeras palabras y a tomar conciencia del mundo que lo rodeaba.

Cuando tenía tres años, se matriculó en la escuela para tener contacto con las primeras letras. Estudié por la mañana. Este hecho fue importante porque a partir de entonces, comenzó a socializar más con niños de su edad y con adultos de mentalidad diferente, algo hasta entonces nuevo.

Desde los cuatro años, comenzó a tener un mayor sentido de los diversos aspectos de la vida. Como era de esperar, comenzaron a surgir dudas y aprovechó cada momento para preguntar a los adultos, especialmente a los padres. Sin embargo, las respuestas no siempre le satisfacían.

A los cinco años perdió a su abuelo como madre, dejando solo a las dos abuelas. Sin embargo, el significado de la muerte no tenía ninguna dimensión. Asistió al funeral solo por asistir.

A partir de entonces, con el cerebro más desarrollado, los recuerdos empezaron a fortalecerse y las experiencias que siguieron quedarían marcadas para siempre. Sigan mirando atentamente, lectores.

11-El vampiro

Después de un día de intensa actividad, llegó la noche y no pasó mucho tiempo antes de que la luna llena llenara el cielo con la pacífica Pueblo de las Hojas. En este día, Divino Torres cumplió exactamente cinco años y seis meses. Como parte de una antigua línea de visionarios, el astral fijó esta fecha para un evento aterrador y espectacular para su vida de principiante.

Él, junto con su familia, vivía en una casa de estilo sencillo, estrecha (cinco metros) y larga (quince metros). Tenía una entrada arbolada y un muro alto, cuya fecha de construcción era de finales del siglo XIX. Fue su segundo hogar.

Conocida como una casa encantada, todos los antiguos residentes salieron corriendo o murieron trágicamente. Pero estos aspectos no asustaron a la familia Torres, que prefirió pensar que solo eran rumores.

Esa misma noche, Divino, fue puesto a dormir como de costumbre en su sencilla cuna, al lado de la habitación de sus padres. Al final de las oraciones, se apagó la luz. Cuando el niño se relajó para dormir, instantáneamente eso duró una fracción de segundo, la figura de un hombre aterrador apareció aullando y mostrando sus garras y dientes crecidos.

Con un sobresalto, Divino dio un fuerte grito y la visión desapareció. Fue su primera experiencia espiritual, que demostró que él fue el elegido para heredar dones extrasensoriales. ¿Y ahora? ¿Estaba preparado para afrontar las consecuencias del destino? Solo el tiempo tendría respuestas a estas preguntas y era demasiado pronto para preocuparse por eso. Después de todo, ni siquiera tenía seis años.

12- Otros hechos de este año (1989)

12.1-Accidentes

Divino era un chico tranquilo, pero como cualquier niño cuando se mezclaba con otros, practicaba bromas. En algunos de estos momentos, sin una sensación de peligro, estuvo involucrado en algunos accidentes. Entre ellos, cabe mencionar: Quemar con una olla hirviendo, cortar basura giratoria, carnicerías que involucran jugar con ovejas, golpear por picardía.

Sin embargo, aunque doloroso, cada uno de estos eventos le dejó una lección que se esforzó por evitar la próxima vez. Como dice el refrán, el conocimiento cura y salva.

12.2-Hechos espirituales

Como se dijo anteriormente, la casa en la que residía Divino estaba encantada y los espíritus que la habitaban comenzaron a usar sus fuerzas oscuras para expulsar a los que consideraban visitantes.

La noche era el momento preferido para las manifestaciones. Los más comunes fueron: Pasos fuertes por todo el pasillo de la casa, el sonido de vasos y platos rotos, gente soplando en el fuego de carbón y leña, aparición de espíritus vestidos con su mortaja, antorchas de luz iluminando toda la casa, golpeando en las puertas de los dormitorios.

Sin embargo, no todos entendieron los hechos, ya que esto requería un poco de sensibilidad. Pero se demostró que la casa estaba encantada. Cada día, Divino expandió su rango de conocimiento a pesar de que aún no tenía una dimensión de sus poderes infinitos.

12.3-Hechos sociales

Incluso este año, Divino aumentó su círculo social y ya era muy popular en todo el pueblo. Había aprendido a leer y escribir, hacía actividades escolares en casas de amigos, participaba en celebraciones escolares, jugaba, nadaba, conocía la maleza alrededor de la casa, escalaba la montaña y fue a ayudar a sus padres en el campo. Le había dado su primer beso sin pretensiones y al final del año había terminado el preescolar.

Todos estos pasos fueron importantes para el autoconocimiento, ayudándote a tener un lugar en la sociedad y en el corazón de todos. ¡Adelante, Divino!

13-El año del cambio

1990. En el último año, Divino había crecido como nunca. Había evolucionado física, intelectual y moralmente y ahora estaba listo para nuevas experiencias constructivas, enriquecedoras y desafiantes. Poco a poco, comprendió mejor su don y habló abiertamente con su familia al respecto.

Fue allí donde le contaron un poco la historia de su abuelo, el legendario Víctor. Esto lo dejó de aliviado a contento. Ahora, no se sentía como un extraño en el mundo. Alguien ya había pasado por algo similar a pesar de que no lo habían conocido.

Según la necesidad, su padre, José Torres, le estaba enseñando algunas cosas sobre el lado espiritual. Por el respeto que tenía, Divino lo escuchó con atención. Sin embargo, aún no todo podía entender.

Solo una cosa era obvia: había una división en el universo entre dos fuerzas equilibradas y que, debido a que tenía un don increíble, dependía de él cumplir una gran misión en la Tierra. Pero aún no había llegado su hora.

Mientras tanto, de niño, le correspondía a Divino aprovechar esta etapa de la vida para aprender, enseñar y jugar. De todos modos, sé un niño como cualquier otro. Las responsabilidades solo vendrían en la edad adulta.

En cuanto a las interacciones familiares-sociales, todo sucedió dentro del rango normal. Solo una novedad: su familia había decidido mudarse nuevamente. Esta vez, al sitio principal del sitio que se iba a renovar y se puso a disposición electricidad para ello.

La renovación comenzó en agosto. Como la familia no tenía muchas condiciones económicas, todo estuvo listo recién a finales de octubre del mismo año. El mismo dos de noviembre se llevó a cabo el cambio que contenía los pequeños muebles.

A partir de ese día comenzó una nueva etapa. Ahora, estaban lejos de la influencia del embrujo de la casa anterior. ¿Serían felices ellos? ¿Qué nuevos desafíos surgirían en la vida de esa familia bendecida? Nadie lo sabía, pero también estaba en la sangre de las modernas Torres luchar y dedicarse a sus proyectos siguiendo el ejemplo de los hermanos Rafael y Víctor.

Sigue siempre.

14-El período 1991-1997

La vida siguió. Divino continuó evolucionando en todos los sentidos. Chico inteligente, se dedicó mucho a los estudios en el colegio y en casa donde pasaba la mayor parte del tiempo porque tenía una educación muy hogareña, casi antisocial. Este tipo de educación elegido por los padres tenía ventajas y desventajas. Entre las ventajas, estuvo involucrado en menos peleas y accidentes. En cuanto a las desventajas, perdió la oportunidad de conocer más profundamente a las personas que lo rodean con diferentes puntos de vista, dificultando así las relaciones y amistades. La soledad a veces golpeaba con fuerza también entre las cuatro paredes en las que estaba acostumbrado a vivir al menos diez horas al día.

En cuanto a la parte espiritual, periódicamente tenía nuevas experiencias que fortalecían su contacto con seres de otros planos. Entre los más llamativos estaban la aparición de un vampiro debajo de la cama, un hombre mirándolo mientras dormía y sueños premonitorios y esclarecedores.

Se puede ver en el texto que todavía nada estaba claro o definido en su vida. Divino ya había cumplido catorce años, completó la escuela secundaria y estaría inscrito en la escuela secundaria el año siguiente. Iba a estudiar en la sede de Pesqueira.

15-La despedida (1998)

Empieza el año. Las celebraciones religiosas tienen lugar en el pueblo y finalmente comienza el calendario escolar. Desde el primer día, Divino Torres estuvo dispuesto a aprender y enseñar en su nuevo bastión escolar que incluía la escuela secundaria y la escuela primaria.

El colegio estaba ubicado casi en el centro de Pesqueira. Era un edificio grande y espacioso con tres pisos superpuestos. Fue el Divino más grande que jamás había conocido en su corta, pero misteriosa, intrigante y apasionada vida.

Allí, tuvo contacto con los directores, empleados y nuevos compañeros y compañeros de escuela. Fue bien recibido por todos a pesar de su gran timidez que dificultaba las relaciones. Sin embargo, por ser del área rural, sintió un poco de prejuicio. Pero no sabía si esto era solo una impresión.

Pasaron uno, dos, casi tres meses. Se sentía más en contacto con todos y se destacaba continuamente en sus mañanas de estudio. En uno de estos, uno de los directores entró a la sala, lo llamó y cuando se alejó de sus compañeros se puso a balbucear:

"Mira, Divino, tu padre no está bien, y nos enteramos de que empeoró.

En ese momento, el niño notó algo en la voz del director y sintió que esa no era toda la verdad. Con un poco de miedo e incluso coraje, preguntó:

"¿Él murió?

"Sí. ¿Cómo se siente?

"No lo sé.

"Mira, alguien vino a recogerte para acompañarte al funeral. Puedes irte, estás excusado de las clases de hoy. Está ahí fuera.

"Gracias.

El joven se alejó del director y dio unos pasos hacia la salida. Pronto, ya estaba bajando los escalones de las escaleras. Con cada paso, sentía un peso en su cuerpo y espíritu que no podía explicar. ¿Por qué se repitió el destino? ¿Qué pasaría con él y su familia? Tendría que aprender a convivir con esta nueva realidad y conformarse porque era parte de su Maktub, algo que nadie podía evitar ni cambiar.

Divino continúa bajando las escaleras y mientras se acerca al final, tiene la ligera sensación de que no está sola. Con eso, se siente más seguro, acelera el paso y finalmente llega al primer piso. Pasa por la puerta y la persona está esperando.

Este es Alberto, uno de sus vecinos que amablemente vino a recogerlo en auto a pedido de su mamá, María. Luego de saludarlo, los dos se suben al auto y Alberto inicia el juego.

Al darse cuenta de la tristeza del adolescente, Alberto comunica poco respeto. Solo lo hace por compasión, aproximadamente a la mitad del tramo.

"Lamento mucho la pérdida de su padre. Él fue un buen hombre. Trabajadora, digna y honesta.

"Gracias. Hoy fue él. Otro día seremos nosotros. Así es la vida.

"Admiro tu actitud. Si fuera otro, estaría deseando gritar.

"¿Cuál es el uso? Los humanos debemos al menos aceptar los designios de Dios. Esto es lo que nos queda.

"Estoy de acuerdo. Qué doloroso es eso. Digo esto por experiencia.

"Saber. Ya perdiste a tu esposa. Lo que puedo decir es que ella está feliz donde está.

"¿Cómo sabes?

"Intuyo en este momento de gran sensibilidad.

"Gracias por las palabras.

Alberto aceleró y trató de callarse. Hablar de su esposa hizo surgir viejas heridas que aún no habían sanado. Era mejor no recordar. A partir de entonces, el silencio prevalece hasta llegar a Pueblo de las Hojas, específicamente a la casa de Divino.

El coche se detuvo. El pequeño soñador bajó, se despidió y sin mirar atrás corrió hacia la casa. Al entrar, saludó a algunas personas y encontró a su madre desolada en la cocina. En la reunión, los dos se abrazaron y gimiendo suavemente su madre dijo:

"¡Dios se lo llevó, hijo!

"¿Y ahora? ¿Qué será de nosotros? (Adivinar)

"Financieramente nada cambiará porque me quedaré con la pensión, pero esto es lo menos importante ahora. (María)

"Al menos todavía te tengo. (Adivinar)

Las lágrimas cayeron de sus rostros, aumentando aún más su empatía. De ahora en adelante, María sería el pilar de la casa, y los niños tenían que seguirla obedientemente.

Cinco minutos después, el abrazo cesó y se sintieron más relajados. Cada uno se ocupó de sus asuntos. Mientras María iba a atender a los visitantes, su hijo entró en una habitación y se sentó desolado en una de las camas. El momento reflejó la tristeza de él, su familia y parientes, amigos y vecinos.

Con este humor fúnebre, pasó la mañana. Nadie en la casa probó la comida a la hora del almuerzo haciendo solo un bocadillo. Comenzó la tarde y llegaron otras personas para el funeral, aumentando el movimiento en la casa.

Alrededor de las 4:00 pm, el tren finalmente partió hacia el cementerio local. Cinco hombres fuertes se ofrecieron a llevar el ataúd mientras los demás lo seguían de cerca. Atravesaron todo el pueblo, tomaron el camino de tierra de cara al sol, al polvo y al suelo duro y seco.

A lo largo del viaje, muchos recordaron los principales logros de ese hombre pecador, pero digno y honesto. Esta actitud generosa trajo un poco de alivio espiritual a los miembros de la familia que tenían una gran necesidad de consuelo.

Con otros quince minutos de caminata, finalmente llegan al cementerio. Se abren las puertas y el tren tiene acceso junto con el resto de la multitud. El féretro se baja suavemente a la tumba y se rinden los últimos homenajes a José Torres, hijo del legendario Víctor Torres.

El ataúd golpea la tierra y comienzan a tirar tierra en el agujero hasta que está completamente cubierto. Después de esta operación, todos fueron despedidos y continuarían con sus vidas.

Este era un hecho natural que todos deberían seguir, especialmente los involucrados en el asunto. Del fallecido, los buenos recuerdos permanecerían en la mente de quienes lo amaban a pesar de sus numerosos defectos.

¡Siempre avanzando, viviendo la vida sin avergonzarse de ser feliz!

Proceso de 16 transiciones

Después de su muerte, el alma de José Torres no alcanzó la paz de inmediato debido a sus innumerables deslizamientos de tierra. Desencarnado, fue llevado por ángeles seguidores de Satanás que lo llevaron al limbo, un lugar intermedio.

Sin embargo, no fue abandonado por Dios quien le dio una posibilidad de salvación: encontrar a alguien puro, cercano a Dios, que se sacrificara por él. Si lo lograba, al menos lograría la purificación en el purgatorio.

Fue allí donde comenzó un gran viaje para él. Una vez al mes, se me permitió volver a la tierra e intentar encontrar a esta persona. Durante estos vagabundeos, terminó eligiendo a su hijo, Divino, ya que era más cercano, puro y bien conectado con su religión.

Lo conoció unas siete veces entre visiones y sueños. Al final, hizo la solicitud de sacrificio. Debido a la poca experiencia que tenía, el niño no entendió bien, pero para que él creyera que la experiencia fue real, una mano lo tocó después de despertar del sueño. Esto le provocó una mezcla de miedo y ansiedad. Sin embargo, trataría de ayudar.

El otro día, cumplió con la solicitud incluso en medio de protestas de su familia. No habló porque todo era un gran secreto. Al final de la tarde, terminó su trabajo. Misión cumplida.

Unos días después del sacrificio, tuvo la respuesta esperada. Su padre vino a despedirse definitivamente de él porque había alcanzado el perdón de Dios con su ayuda.

Este momento fue de gran emoción para los dos, asistidos por un ángel poderoso. Divino no pudo verlo debido a su gloria, pero puede ver su luz y sus alas batientes. Momentos después, se fueron.

José iba a comenzar su ciclo de evolución en el ámbito espiritual y rara vez regresaría a la tierra. Era el comienzo de un gran viaje, una verdadera travesía, y tendría que hacerlo lejos de todos.

El brote del interior continuaría su vida junto a su familia en la Tierra. Aún quedaba mucho por hacer.

17-El período de (1999-2000)

La vida transcurrió normalmente para Divino y su familia. Con el tiempo, los recuerdos de los fallecidos se volvieron menos dolorosos e impactantes. Este hecho era absolutamente normal. Después de todo, lo que ha pasado. Lo que importaba era el regalo que seguía siendo un desafío para todos.

La familia Torres era una familia tranquila y humilde, ganaba dos salarios mínimos distribuidos a seis personas con valores morales y éticos bien definidos. Sin embargo, no todos compartían las mismas opiniones, preferencias, gustos y educación. Lo que los unía era la sangre sagrada de los videntes, formada por ascendencia judía, portuguesa, española, indígena y gitana.

Todos se dedicaban a la agricultura y no intentaron ni tuvieron la oportunidad de estudiar. La excepción a la Matriarca María, que estaba jubilada y se ocupaba de la casa y al joven Divino, que se dedicó por completo a sus estudios. Los otros niños se llamaban Absalão, Adeildo, José Amaro y Bianca.

Como puede verse, Divino era la única esperanza de mejora financiera porque solo la educación es capaz de transformar una realidad y realizar milagros. El mismo, a pesar de su corta edad, era plenamente consciente de ello.

De esta forma, estudió cambiando de escuela un par de veces. Conoció gente nueva, interactuó, pero aún con reservas envueltas en sus prejuicios. Ni siquiera sabía que estaba perdiendo un tiempo precioso en su vida.

El problema con ese joven, criado en una tradición católica, fue que tomó su religión y sus leyes muy literalmente (muchos todavía hacen lo mismo hoy). Para él, cualquier cosa tomaba la noción de pecado como fiestas, paseos e incluso sexo (no se ría).

Realmente era un excéntrico. Vivía una vida sencilla, llena de reglas que solo lo obstaculizaban en lugar de ayudarlo. Pero no lo vi en ningún momento. En este sentido, el abuelo que había vivido a principios del siglo XX se había entregado temprano a las emociones que le brindaba la vida.

Incluso siguiendo esta línea, esto no le impidió experimentar fuertes emociones. Vivió intensamente la experiencia de la pasión sin siquiera darse cuenta por segunda vez. En el primero lo habían rechazado y en el segundo ni siquiera lo había intentado. Prefirió sufrir en secreto durante mucho tiempo. Hasta que cierto día, la persona se dio cuenta de su intención y le dio una salida masiva. Ocurrió otra decepción. Empezaba a experimentar ese rostro de amor que, en mi opinión, es muy constructivo a pesar de ser doloroso.

Con el tiempo, logró vencer. Continuó sus estudios con normalidad. A finales de 2000, terminó la escuela secundaria. Ahora comenzaba una nueva etapa en su vida.

18-Nuevo curso (2001-2002)

Finaliza el año 2000. 2001 comienza con una gran noticia. Entre ellos, los más importantes fueron las dos aprobaciones de Divino en los procesos de selección (resultado de sus esfuerzos). Uno relacionado con un concurso público y el otro fue el ingreso a un curso técnico federal (especialidad electromecánica).

Cuando llegó febrero empezaron las clases después de unas intensas vacaciones familiares (la única opción porque no tenía dinero para viajar). Desde el principio, Divino amó el medioambiente: un gran espacio arbolado compuesto por varias cuadras y compañeros de clase muy heterogéneos, con personas de diversas edades, etnias y clases sociales.

A lo largo del tiempo, el joven se dedicó intensamente a sus estudios sin dejar de lado las amistades que también eran importantes para él. En una época de poco dinero, vivió para pedir prestados libros a sus colegas, realizar peligrosos paseos con otro colega de su región y usar siempre su uniforme porque no tenía elección de ropa. Sin embargo, todavía tenía el mismo corazón grande y puro de siempre y eso era lo que realmente importaba.

Y así pasó el tiempo con la vida de Divino centrada en los estudios. Cerca del final del curso, en noviembre de 2002, se organizó una reunión en la escuela para averiguar quién estaría interesado en competir por las primeras vacantes de prácticas cuya prueba se realizaría a principios del próximo mes en una ciudad cercana llamada Garanhuns. En ese momento, el pequeño soñador sintió por primera vez una fuerza sofocante y gritona que lo impulsó a dejarlo todo. Incluso si intentaban resistir, la presión aumentaba a cada momento. Si no se decidía, explotaría. Fue allí donde se acercó al coordinador del curso y le dijo:

"No voy a ir.

A partir de entonces, fui consciente de que había dejado atrás todo el trabajo de dos años y no tenía forma de comunicarme con nadie que pudiera ayudarme porque no tenía celular ni computadora. Todo se fue cuesta abajo y el sueño de ayudar a la familia se hizo más distante, aunque esperaba la nominación en un concurso público.

Sigamos adelante.

19- Viaje de despedida

19.1-Primer día

Una vez concluidas las clases teóricas del curso en cuestión, alguien dio la idea de organizar un viaje donde todos pudieran disfrutar mucho y despedirse porque cada uno tomaría un curso diferente y probablemente no volvería a encontrarse.

La ubicación elegida fue la planta de Xingó, en el límite entre Alagoas y Sergipe. Esta vez, Divino iría. Después de todo, fue una oportunidad única para conocer a este gigante del complejo hidroeléctrico nacional, ciudades cercanas y estrechar lazos con colegas. Literalmente sería una despedida.

El día y la hora programados, con su maleta lista, esperó en la pista junto a su aldea (al costado de la carretera BR 232) el autobús. Pasaron tres horas y nada. Angustiado y disgustado, decidió regresar a su casa.

Al llegar a la misma hora, se fue a su cama y se fue a intentar dormir. Cuando logró relajarse, tuvo el tan esperado descanso. Alrededor de las 6:00 am, se despertó sobresaltado con voces que lo llamaban por su nombre en la puerta.

Cuando salió a comprobarlo, se dio cuenta de que eran sus compañeros los que venían a llamarlo para el viaje, y le asustó. Pensé que se habían ido hace mucho tiempo. Se convenció de volver a ir, se despidió de su familia, se subió al autobús y finalmente se fue a Xingó.

El autobús comenzó a seguir tierra adentro, pasando por la ciudad que el niño nunca había visto. ¡Qué grande era el mundo! Fue un placer descubrirlo poco a poco.

En un total de aproximadamente tres horas y media de viaje, con mucha emoción para los pasajeros, arribaron a la ciudad de Pirañas (específicamente al alojamiento). Desempacaron sus maletas y descansaron un rato. Serían dos días de experiencias intensas para todos, lejos de la familia y sus mundos privados.

Después del almuerzo, primera actividad a realizar: La visita a la central hidroeléctrica Xingó, uno de los principales motivos del viaje. Algunos no quisieron ir, pero los que sí tuvieron una experiencia única.

El lugar de difícil acceso, un camino estrecho y sinuoso, impresionó a Divino. Nunca lo había visto así. A pesar del miedo, el gusto por la aventura era mayor. Al final del camino, tuvo una vista de parte de la presa y las compuertas. ¡Increíble! ¡Una obra de ingeniería fantástica! No sería lo mismo después de esto.

Justo más adelante, tenían acceso a la entrada. Bajaron en ascensor al sótano. Una vez allí, pudieron observar de cerca los complejos dispositivos que formaban parte de la planta. El ruido de las turbinas era constante, al igual que el temblor. La naturaleza que lo produjo era una fuerza que había que respetar. Lección número uno del viaje.

En treinta minutos, entendieron un poco más de cerca la realidad energética, dando bases reales a la parte teórica aprendida en el curso. Al final de este período, se despidieron y volvieron a subir en ascensor. Alcanzan altitud normal. Regresaron al autobús.

Como era casi de noche, se dirigieron al centro de Pirañas para buscar un lugar tranquilo para cenar y charlar un rato.

En veinte minutos encontraron un restaurante típico y la clase se dividió en mesas. Algunos pidieron comida tradicional (arroz, frijoles, carne) mientras que otros pidieron algo diferente, mandioca con cecina (Divino y sus amigos de mesa).

Esperaron un rato. Momentos después, se sirvió la comida. Mientras comían, charlaban sobre momentos escolares, la ciudad, el viaje y aspectos personales.

Fueron quince minutos de intenso intercambio de información y gran placer con la degustación de especias locales. Después de la cena, regresaron al bus que se dirigía al alojamiento.

Una vez allí, llegó el momento de ducharse y cambiarse de ropa. Divino y sus amigos se fueron de nuevo. Esta vez a pie, para conocer un poco de la noche.

Sin mucha experiencia, el grupo estuvo caminando durante mucho tiempo hasta que encontraron un lugar agradable por indicación de lugares. Era una casa piloto. Llegando al mismo y reunidos en una mesa (eran cuatro en total). En secuencia, pidieron algo de beber y solo estaban hablando.

Esperaron unos momentos. Llegó la bebida y tomaron algunos sorbos (excepto Divino que no bebió). Comenzó la música, y luego se animaron para invitar a unos gatitos a sentarse en la mesa de al lado.

Invitación aceptada, los cuatro junto con sus parejas se dirigieron al salón de baile y se pusieron a bailar con música romántica la noche de Alagoas.

¡Qué bueno fue este momento! La combinación de la música y la gracia de las niñas despertaba en ellas una especie de trance que parecía completarse con cada paso que daban. ¡Fue realmente increíble!

Nada más que la música o los pasos les importaba. Experimentaban una especie de libertad, lejos de las miradas envidiosas de los enemigos, el despecho e incluso la presión de los familiares.

Fue muy saludable. Después de una hora de diversión, se cansaron e invitaron a las niñas a quedarse junto a su mesa. Nuevamente aceptaron.

Durante las siguientes dos horas, hablaron entre ellos y entre dos parejas hubo química. Besos y abrazos rodaban por la noche. Pasado este período, los visitantes se despidieron y juntos emprendieron el camino de regreso al alojamiento.

De las chicas, solo quedaría el recuerdo porque ninguna de ellas pretendía tener una relación seria con nadie. Después de todo, eran demasiado jóvenes para eso.

Treinta minutos después, llegaron a la meta. Fueron a sus habitaciones, se cayeron sobre la cama y trataron de relajarse. El otro día habría que disfrutarlo al máximo, ya que fue el último en esa interesante y hospitalaria ciudad.

19.2- El segundo día

Amanece en las hermosas y agradables Pirañas. Desde primera hora de la mañana, los alumnos de la Universidad de Pesqueira se ocuparon en la cocina preparando el desayuno tras una ducha rápida. Como no había muchas opciones, el desayuno sería lo básico: pan con huevos y café.

En doce minutos, todo estaba listo y la merienda se repartió por igual entre todos. Entre conversaciones y risas, este momento pasó rápidamente. Al final, todos regresaron a sus habitaciones para prepararse (incluidas las maletas) para un último paseo.

En unos quince minutos más, todos habían completado este trabajo. Luego se encontraron y al ver que no faltaba nadie, se dirigieron al autobús. Primer destino: riberas del río São Francisco.

Con buena velocidad, no pasó mucho tiempo para que todos llegaran con mucha emoción. El autobús se detuvo. Tenían treinta minutos para disfrutar de la playa. Descendiendo uno a uno, cada uno aprovechó este tiempo de la mejor manera posible: tomando fotos, buceando, tomando el sol y admirando el hermoso paisaje.

En el caso de Divino, solo los dos últimos elementos, ya que no tenía cámara ni sabía nadar. Pero, aun así, valió mucho la pena participar con compañeros en momentos tan increíbles e inolvidables.

Después de su tiempo, regresaron al bus y partieron hacia el destino 2: Museo Arqueológico de la vecina ciudad llamada Canindé de São Francisco, que se encontraba aproximadamente a seis kilómetros del lugar donde se encontraban.

En este rápido viaje, el joven aprovechó para relajarse y pensar un poco en todo lo que había dejado atrás: la familia, su pequeño Pueblo de las Hojas, sus amigos y conocidos. A pesar del anhelo, concluyó que todo había valido la pena. ¿Cuándo podré volver a salir? Ni siquiera tenía un proyecto. Entonces, el momento de aprovecharlo era ahora.

Fue con esta disposición que abandonó rápidamente el vehículo cuando llegó y se detuvo en el lugar indicado. Junto con los demás, pagó la entrada y entró en el imponente edificio del Museo Arqueológico Xingó en la ciudad de Canindé de São Francisco.

En su interior, los visitantes tuvieron la oportunidad de descubrir artefactos antiguos, huesos de nómadas y habitantes antiguos, brindándoles una visión general de la prehistoria del lugar. La gira fue excelente.

Después de pasar por todos los sectores, de haber tomado muchas fotografías y de haber aprendido mucho, el grupo finalmente se dirigió a la salida. Pasando la puerta, se dirigieron de regreso al autobús.

Con unos pocos pasos más, suben al vehículo. Se calman y el conductor arranca. Destino 3: Casa con una probable parada para almorzar en el camino.

Pasan por algunas localidades y llegando cerca de las 12:00 en punto se detienen en una gasolinera junto a la carretera. Luego todos descienden, caminan un poco, entran al establecimiento y se ponen en fila para comer porque el restaurante funcionaba en modo autoservicio.

Cuando tengan acceso a los estantes, cada uno colocará su comida preferida y se acomodará en las mesas disponibles. Algunos piden algo de beber como jugo o refresco.

Entre comida, charla y descanso, pasan otros treinta minutos. Cuando todos terminan, el grupo paga la comida y regresa al autobús. Tenían un largo camino por recorrer.

En las dos horas y media restantes, en su mayoría en silencio, Divino y sus colegas prefieren relajarse tanto como pueden. Por la noche, llegan a Arcoverde, y hay una parada rápida. Quince minutos para satisfacer necesidades fisiológicas. Luego, vuelve a la carretera.

Con unos minutos más, finalmente llegan a Pueblo de las Hojas. Divino se despide y baja con su pesada maleta. En cuestión de minutos llegaría a su residencia. Ahora, tendría que seguir su camino y no sabía qué le depararía el destino.

Lo que sabía era que seguiría luchando por sus goles e incluso si se demoraba, creía que iba a ganar. ¡Adelante, guerrero! ¡Todo lo que esté escrito, sucederá!

20-La nueva realidad

Terminado el ciclo de estudios en la Universidad de Pesqueira, Divino Torres se matriculó en un curso de informática con el objetivo de no quedarse quieto al lado de estudiar para competencias y esperar la convocatoria en la competencia en la que fue aprobado en buena posición.

A pesar de estar siempre activo, su situación no era buena porque los objetivos que perseguía aún no eran alcanzables en su mano y lo dolorosa que era esta espera. Se sintió algo impotente por no ayudar a su familia necesitada.

Sin embargo, por el momento no había nada que hacer. Las condiciones eran terribles y nadie conocido estaba dispuesto a ayudar a demostrar lo egoísta que era el mundo. Aun así, no me rendiría fácilmente.

Y la vida siguió ....

21-Seis meses después

Pasó mucho tiempo y la situación de Divino aún no había cambiado: todavía estaba estudiando informática y estudiando en casa. En cuanto al concurso en el que esperaba ser convocado, la fecha de caducidad había terminado, terminando ahí con sus esperanzas.

A partir de entonces, la desmotivación había golpeado con fuerza. Como consecuencia, hubo una desconexión de la realidad que hizo que la parte espiritual se hiciera más fuerte. Con eso, su conocimiento se incrementó a partir de experiencias realmente impresionantes.

El linaje de la sangre vidente gritaba en sí mismo el fruto de una herencia dejada por el abuelo, el legendario Víctor.

22-Experiencias

22.1-Posesión

Era un miércoles normal. Después de la obligación normal de estudiar en casa por la mañana y el almuerzo, Divino entró a su habitación para descansar un rato en su cama, la famosa siesta. Después de quitarse la camiseta a rayas y los pantalones vaqueros, se tumbó cómodamente hablando.

Se concentró en dejar su mente clara y relajada gradualmente. ¡Ha ocurrido algo fantástico! De repente, un objeto blanco redondo descendió sobre él y entró en su cabeza.

A partir de ese día, su vida cambió por completo. Comenzó a tener contactos más reales con seres de otras dimensiones, sintiendo su presencia y lo que es impresionante tener luchas con ellos usando los poderes adquiridos con la posesión.

Con cada momento que pasaba, sus poderes aumentaban aún más, aumentando un poco su orgullo. Sin embargo, la situación no duró mucho en estos términos.

También comenzó a atraer espíritus poderosos que comenzaron a tomar ventaja en las peleas y lo que es peor, el espíritu que lo dominaba usaba su cuerpo como escudo. Ya no era una ventaja para Divino en este tipo de situación.

Fue entonces cuando alguien lo ayudó. Tu padre fallecido. Se acercó, se cruzó de brazos y con gran esfuerzo expulsó el espíritu incómodo. ¡Por suerte! Divino ahora estaba libre de posesión y una mano lava la otra. ¡Bendito padre!

Sin embargo, había mucho que aprender sobre el lado espiritual.

22.2-Disputa por las almas

Otro hecho interesante fue la revelación de la lucha de las dos fuerzas opuestas (la dualidad existente) cuando las personas mueren.

Era más o menos lo siguiente: Raquel y Romero Bastos, recién separados de la materia, estaban un poco perdidos en una zona intermedia entre la Tierra y los planos espirituales caracterizados por no tener un vasto campo, sin suelo, sin cielo y un poco de oscuridad. En este momento, los dos todavía no entendían lo que había sucedido.

Fue entonces cuando una gran sombra se les acercó con gritos de horror y sarcasmo.

Por otro lado, a lo lejos, se encendió una luz. Los dos estaban confundidos y preguntaron:

"¿Lo que está sucediendo? ¿Qué es esta sombra y esta luz?

"Telepáticamente, alguien dijo: La sombra es la cabeza de los Ángeles Rebeldes y la luz un ángel de Dios.

Fue allí donde el Arcángel negro se acercó y reveló su forma, haciéndolos aún más asombrados.

"Vaya, qué grande es. ¡Es un gigante ante nosotros! (Raquel y Romero exclamaron asombrados)

Antes de que llegara el ángel, Satanás se acercó a ellos, los tomó en sus manos y dijo: ¡Todos ustedes son míos!

En este momento, escucha un gran grito de ayuda y misericordia de ellos y Raquel dijo:

"¡No puedes hacer más que Dios!

Satanás, con su habitual sarcasmo, respondió:

"¡Es verdad! Pero, ¿dónde está este Dios? Se necesita fe y no la tienes.

Con esta respuesta, fue el turno de Romero de hablar:

"No tienes derecho a llevarme. Nunca robé, maté ni cometí injusticia. Estoy bien. ¡Somos hijos de Dios!

Esta denuncia fue la pieza clave para que se manifestara la luz. Entonces aparecieron más ángeles, rodearon a Satanás y lo expulsaron. El diablo realmente no tenía derecho a atormentar a Raquel y Romero, que eran buenas personas en la vida. Como prometió Jesús, la luz pertenece a los justos.

Sin embargo, si fuera el caso de personas distorsionadas, a Satanás se le permitiría tomarlas y atormentarlas tanto como quisiera. ¡Porque cada uno cosecha lo que siembra en el granero (que es este mundo) y Dios también es Justicia! Solo el recordatorio. ¡Despertar a gente! Deja ir el rencor, el egoísmo, el orgullo, la intriga y haz siempre el bien sin mirar a quién. Nunca sabemos cuándo será nuestro día.

22.30- El precio amargo de un alma

La misericordia de Dios es muy grande cuando está dispuesto a salvar a todos sus hijos, incluso a los más pecadores. El medio para que se produzca este milagro es a través de sus discípulos en la Tierra, aquellos que están dispuestos a pagar un cierto precio por la libertad de estas almas.

Divino fue uno de los elegidos para este tipo de trabajo, habiéndose sacrificado varias veces por sus hermanos. Sin embargo, en el último, se arrepintió de ser tan bueno (el precio del alma era caro).

El precio sería batido por el arcángel negro durante una noche entera. Sufrió física y moralmente las infracciones dictadas. Entre ellos, los principales fueron:

Me quitaste otra alma. ¿Quién crees que eres? ¿Quieres ser Dios? No se entrometa en asuntos que no le conciernen.

En otro momento, el arcángel continuó:

"Mira, si me quitas otra alma, te mataré chico, ¡te mataré! Simplemente no lo hago ahora porque no estoy autorizado.

En conclusión, dijo:

"Sentiste pena por esa alma depravada y sucia. Dime ahora: ¿Quién se apiada de ti? Sacrificarte por un Dios que ni siquiera conoces.

En estos momentos de agonía, Divino fue consolada por los ángeles:

"Muchacho de oro, por eso Dios te ama tanto. (Gabriel)

"Recibirás infinitas bendiciones y te convertirás en un gran hombre. (Miguel)

"Todo el bien que haces en la Tierra; recibirás el doble de recompensa en el cielo. (Rafael)

La prueba duró un poco más y, al final, Divino estaba en paz. No estaba convencido de querer repetir la experiencia, pero estaba feliz por las almas que había ayudado a salvar.

Moraleja de la historia: Donar es una actitud valiente que solo hacen los verdaderos amigos. Prefiéralos al dinero, el poder, la vanidad y la ostentación que son los pasajeros.

22.4-Encuentro con Dios

En un momento, Divino estaba deambulando conociendo a varias personas en el camino. Con cada buena acción que hacía hacia estas personas, su luz interior aumentaba, sofocando la oscuridad circundante que lo ponía en peligro.

Llega un momento en que la luz se intensifica mucho y la oscuridad se aleja por completo. Al final del camino, una voz misteriosa le habló:

"Tú eres la luz de las luces, la verdadera luz del mundo.

Dicho esto, la ruta se completó con éxito.

Moraleja de la historia: Marca la diferencia. Elige la luz. Transforma el mundo con tus ideas. Practica la caridad, el amor y el desapego. Sé también un hijo de luz como lo es Divino.

22.5-La autoridad de Dios

El don de Divino se desarrolló visiblemente, pero había una falta total de control sobre él. Atraía espíritus de baja vibración que se complacían en acosarlo, volviéndolo casi loco. Fue entonces cuando una de estas veces intervino Dios:

"Espíritus obsesivos, manténganse alejados de este joven.

Los espíritus respondieron:

"No nos vamos a ir. Seguiremos lastimándolo porque nos da placer.

También participó el guía espiritual de Divino que siempre estuvo a su lado:

"Aléjate de él. Obedece a Dios. De lo contrario, todos irán al infierno.

"No obedecemos a nadie. (Espíritus obsesivos)

Entonces Dios se manifestó de nuevo:

"Muy bien. Se arrepentirán de haberme desafiado. Deberías destruirlos. Sin embargo, tengo un mejor castigo. Lucifer, ven aquí.

Inmediatamente, una sombra se acercó en obediencia al creador y se acercó a Divino y a los poseedores. Preguntó por la luz:

"Sí, maestro, estoy aquí. ¿Qué deseáis?

Llévate estos espíritus. Ya no los quiero.

"Como desees.

"Mira, ten cuidado de no lastimar al chico.

Lucifer luego comenzó a agarrarlos uno por uno.

Los espíritus obsesionados, asustados y enojados gritaron:

"Tú nos pagas, nos vengaremos.

Lucifer interrumpió:

"No tiene sentido amenazarlo. Yo, que soy un Dios, no puedo hacer nada contra él. Cuanto más, tú.

Cuando Lucifer tomó posesión de todos, la luz suprema volvió a manifestarse:

"Listo. Puede retirarse.

"Está bien. Cuando quieras darme más almas, solo llámame.

Dicho esto, Lucifer se retiró con los espíritus y con ese Divino se tranquilizó. El mal había sido eliminado.

Moraleja de la historia: Oren y vigilen siempre a los hermanos porque el mal está en todas partes y nuestra defensa es nuestra fe. En caso de angustia, dirígete al Señor de los ejércitos para que él te comprenda.

22.6-La importancia del hombre en el plan de Dios

Somos la culminación de la creación, el reflejo del creador, el sentido de la vida. Fuimos creados para soñar, evolucionar, vivir y amar. Cada persona representa una pieza de divinidad. Estamos inmersos en todo, lo que representa el alma viviente de este planeta.

Para ilustrar, les diré dos hechos importantes en la vida de Divino:

1. El encuentro con Miguel: Como sabemos, después de abandonar el curso, Divino vivía un conflicto espiritual muy intenso. Era como si el bien y el mal estuvieran peleando entre sí. Fue allí donde, desesperado, invocó la presencia de Miguel Arcángel y por tener un alma pura Dios concedió el pedido, enviándolo. Fue una noche clara, con baja temperatura y hasta cierto punto tranquila. La aparición tuvo lugar fuera de su casa, cuando Divino salió a contemplar las estrellas (sintió una luz fuerte, intensa, algo ater-

rador por la intensidad). Poco después de su llegada, Divino se sintió mejor e instantáneamente algo lo impulsó a decir lo siguiente: "Ya me salvaste, puedes irte. ¡Por Jesús! Al principio, no obedeció (después de todo es Miguel Arcángel, uno de los siete espíritus de Dios). Sin embargo, ante la insistencia de Divino, terminó obedeciendo y se retiró a su lugar de origen.

2. Divino también había entrado en una crisis depresiva y tenía cada vez más dificultades para dormir. Luego comenzó a tomar medicamentos. Cansado de este subterfugio, un día decidió que no tomaría medicamentos y, con suerte, esperaba dormir. Para ello, oró toda la noche y al amanecer tuvo la respuesta que esperaba. Un ángel se acercó y lo tocó. A partir de ese momento, no necesitó tomar más medicamentos.

Moraleja de la historia: Somos reyes y señores incluso sobre los ángeles y la fe constante puede obrar milagros.

22.7- Experiencia extracorpórea

Muchas personas en el mundo ya han revelado que han tenido experiencias cardio pulmonares, especialmente ECM (experiencias cercanas a la muerte). En estas ocasiones, algunos iban al cielo, al infierno, al limbo o incluso a la ciudad de los hombres.

En el caso de Divino, fue espontáneo. Como resultado del destino, su espíritu se ha desprendido de la carne y en este momento puede observar su cuerpo junto a la cama. Poco después, asistido por su guía espiritual, tuvo un encuentro privado con un familiar suyo que había fallecido. En este emocionante encuentro, tuvo la rara oportunidad de charlar, saciar su sed y gastar buenas energías por un corto tiempo.

En la despedida, le dio a su familiar un gran abrazo y un beso. Finalmente, se alejó, regresando al cuerpo gracias a su guía. El otro día, agradeció a su padre espiritual por la rara e increíble bendición que había recibido.

Fue realmente bendecido.

22.8-Experiencia más allá del tiempo

Los poderes espirituales de Divino estaban creciendo claramente. En un momento, logró cruzar la línea de tiempo transportándose al pasado. Regresó a los años cuarenta, exactamente en el lugar de su residencia.

Era la fecha de su inauguración. Divino se acercó a los anfitriones pidiendo permiso para entrar. Fue amablemente recibido por ellos y se preocupó de mostrar la vivienda por habitación: el cemento era de tono rojizo, cortinas de lado a lado, habitaciones bien diseñadas, pero no muy espaciosas, decoradas con muebles de madera y pinturas religiosas, un limpio, preparó la casa y como era de noche, se encendieron las lámparas.

Durante varias horas, Divino disfrutó de este momento con gente muy bendecida. Al final, se despidió, se dirigió a la salida y ya había hecho el viaje de regreso a su tiempo. ¡Otro hecho increíble en tu vida!

Moraleja de la historia: No hay nada imposible para quien cree en Dios, es decir, en las fuerzas benignas del universo.

22.9-Sanación espiritual

Es un proceso en el que el médium psíquico incorpora un espíritu capaz de asistirlo en operaciones que pueden dar como resultado la curación de la enfermedad del enfermo.

Sobre este tema, Divino tuvo la siguiente experiencia: fue invitado a observar la operación de un niño que tenía un tumor cerebral. Con mucha delicadeza, el doctor Ramei, asistido por la enfermera Cristina, se ocupó de todas las etapas de este proceso. Al final del procedimiento, el tumor se desintegró. ¡Gracias y glorias a los que solo hicieron el bien!

El poder de curar

Érase una vez, un parapléjico de nacimiento se llamaba Giliard. Como era natural, su vida no fue nada fácil y, a pesar de su fe en Dios, a veces se preguntaba qué pecado habría cometido para sufrir tanto. Su sueño era volver a caminar.

Para moverse, utilizó una silla de ruedas que él mismo conducía. Lo usó todo el tiempo, incluso en las calles. Fue allí donde un día ocurrió una desgracia. Al cruzar una avenida muy transitada, se sorprendió al ver un coche fuera de control que chocó contra ella. El impacto fue brutal, provocando su muerte.

Ya muerto, se quedó con las mismas dificultades. En este momento, tuvo la oportunidad de conocer a su ángel, cuyo nombre era Balzak. Este enviado divino, lleno de misericordia, decidió ayudarlo.

Ella lo llevó en sus brazos y lo llevó al Joven Divino. Ella lo colocó a su lado, junto a la cama y dijo:

"Tócala y serás curado.

Giliard, movido por una fuerza interna impresionante, repitió lo siguiente en sus pensamientos:

"Incluso si toco solo la punta de su dedo, seré curado.

Con un poco de esfuerzo, sus dedos tocaron el cuerpo de Divino y, en ese instante, una fuerza salió del joven y lo curó. Inicialmente, estaba un poco aturdido, pero poco a poco fue estabilizando sus pies y estaba erguido. ¡Gloria a Dios! (Exclamó lo mismo).

Se encontró con su ángel y se dejó llevar. Ahora estaba curado y podía ir en paz y sin resentimiento al reino de la luz.

Moraleja de la historia: la fe produce verdaderos milagros.

22.10- El ataque de los demonios

El proceso de evolución de Divino continuó entre la luz y la oscuridad. Un día en que no estaba preparado, es decir, con el cuerpo abierto, se permitió que los demonios se le acercaran. Eran unos diez, con sus alas brillantes, sombras aterradoras en forma de animales. Transcribiré algunas líneas de este pasaje:

"Me encanta atormentar a gente como tú, chicas agradables. (Uno habló)

"Disfrutaremos de que sea débil. (Otro)

En este punto, el protector de Divino se acercó y los regañó:

"Dejen de acosarlo, desafortunados.

"¿Detener? ¿Quién nos va a detener? ¿Tú? (Uno de ellos)

"Si es necesario, sí. (Ángel Divino)

"Nos superan en número, matón. (Observó otro)

El ángel de Divino viéndose amenazado con las manos atadas:

"Si no sales, llamaré a uno de los príncipes supremos para que te dé una lección.

"¿OMS? ¿Rafael ¿Gabriel? ¿Miguel? Tengo malos recuerdos de la última paliza que recibí de ellos. Tienen la misma fuerza que nuestro Dios. (Comenta el jefe, denotando miedo)

"¿Dónde está tu jefe? (Ángel Divino)

"Lleva almas en Asia. Por eso no vino a divertirse. (Informado)

Los demonios permanecieron en su ataque a Divino sin piedad. Lleno de conmoción, el ángel de la misma se manifestó nuevamente:

"Él llega. Ya no soporto ver esta masacre.

"Vas a tener que aceptarlo. Somos una legión de poderes mientras que tú eres solo un trono. (el jefe)

En este momento, sucedió algo misterioso y fantástico: una luz misteriosa emanó del cuerpo de Divino iluminando a todos a su alrededor. Este hecho eliminó las sombras de los demonios que se vieron obligados a retirarse.

Incluso si estaban molestos, se vieron obligados a irse para siempre. Entonces el ángel de Divino se acercó, abrazó a su protegido y comentó:

"Tranquilo. Todo estará bien ahora.

"¿Por qué me atormentas? (Quería conocer a Divino)

"Eres una roca en su zapato. Su misión es acercar a las personas a Dios, poniendo fin definitivamente al ciclo de tinieblas en este mundo. (Explicado).

"¿Puedo contar con tu ayuda?

"Siempre. En las buenas y en las malas, estaré contigo. Ahora descansa y duerme. Mañana es otro día. Una buena noche.

"Buenas noches.

Con el ángel a su lado, Divino se relajó y se dejó llevar. ¿Cuánto tiempo sufrirías? Esperaba que esta fase pasara pronto y que llegara en el último momento.

¡Adelante, guerrero!

22.11-El ángel y el mensajero

Cualquiera tiene dos seres espirituales distintos: un ángel y un mensajero. Con sus poderes en desarrollo, Divino tuvo contacto con los dos. Mientras uno lo animaba, el otro lo desanimaba, formando sus "Dos opuestos".

La siguiente es una interesante experiencia de lo mismo con estas dos entidades.

Una hermosa noche oscura con luna llena, el mensajero se acercó cerca de las 24:00. Se sentó en su cama y comenzó a charlar con Divino.

"¿Quieres decir que eres tú quien se llama a sí mismo el hijo de Dios?

"Sí. Todos los hombres que siguen la ley divina y abren sus mentes a la luz pueden ser llamados "Hijos de Dios».

"¡Tonto! ¡No eres el hijo de Dios! Lo probaré ahora.

Dicho esto, se apoyó en un pie y con el otro trató de aplastar al protegido con gran enfado. Sin embargo, el movimiento del pie no terminaba suspendido en el aire. Fue allí donde se acercó su ángel y llegó gritando:

"¿Qué quieres con mi protegido?

"Solo baja su cresta.

"¡Monstruo! No tienes ese derecho.

En este momento, comenzó una lucha titánica entre los dos utilizando espadas, escudos, rayos y flechas estelares. Por suerte, el ángel se aprovechó y ahuyentó al mensajero.

Con la misión cumplida, se acercó a Divino descansando en su cama. En el siguiente momento, lo cubrió con la palma de su mano. Emocionado, exclamó:

"Si tú no existieras, yo tampoco existiría.

"¡Gracias, yo también te quiero! (Divino devuelto)

El resto de la noche el pequeño soñador trató de descansar mientras su ángel siempre estaba en guardia. Divino era verdaderamente un ser especial, ya que era uno de los pocos en el planeta Tierra que conocía a su ángel. Podía sentirlo y escucharlo. Era su vínculo con el plano espiritual, con el divino. Esperaba que siguiera así durante toda la vida.

22.12-La pesadora

En otro día de debilidad espiritual, un demonio conocido como barra pesada logró acercarse a Divino. Con su sombra escarlata y alas, se sentó en la cama y poco a poco se subió al cuerpo de Divino.

En respuesta a este ataque, Divino trató de transfigurarse para sofocar su oscuridad. Sin embargo, este método no funcionó porque su halo luminoso había desaparecido por completo por una razón desconocida.

Al ver el esfuerzo de Divino, el demonio exclamó:

"Tienes mucho poder. Sin embargo, no sabe cómo utilizarlo correctamente.

Sin más barreras, el pesador subió más alto en el cuerpo de Divino. Cuando lo dominó por completo, comunicó:

"¡Absorberé toda tu energía vital!

Desesperado, Divino hizo un último intento por salvarse: pensó en la imagen de Cristo azotado y crucificado por su ayuda. Inmediatamente, el demonio se agitó y huyó de su presencia.

¡La sangre de Cristo realmente tiene poder!

23-secretos

23.1-La presión de la tierra

Además de los descubrimientos espirituales cada vez más fantásticos, Divino experimenta un dilema corporal-espiritual. Yo explico. Como Divino ya se encontraba en una etapa avanzada de evolución, se negó a tener relaciones sexuales. Para él, el sexo era un complemento de una relación sana que aún no había encontrado. Con esto, su cuerpo material lo presionó cada vez más causándole problemas físicos.

Fue allí donde Dios se manifestó a través de la Virgen María. Ella estaba arrodillada en el cielo pidiendo a su hijo por él:

"Hijo mío, ten cuidado con esa criatura. Tú que eres tan poderoso y beneficioso, cúralo.

"No mi mamá. No ha llegado el momento de curarlo. Además, hice un trato con la tierra. Acepté no interferir con los procesos naturales.

"Pero como tú fuiste quien lo creó, puedes interferir como desees. Te pido: ayúdalo.

Jesús, sin afeitar y vestido con jeans y una camiseta a rayas, puso cara seria, analizando la situación por un momento. Luego concluyó:

"Está bien. ¿Qué no hago por ti?

Dicho esto, el creador voló en toda su gloria desde su trono hacia la Tierra. Cuando estuvo muy cerca, exclamó:

"Tierra, ¿por qué lo atormentas?

"Lo estoy atormentando porque se niega a cumplir mis deseos: quiero que se reproduzca.

"No sirve de nada. Es un espíritu muy evolucionado. No cederá a tus tentaciones.

"No quiero saberlo. Para mí, es como cualquiera.

No lo atormentes más. Te estoy enviando. Cumplir.

"¿Por qué obedecerías?

"Porque yo te críe.

"No recuerdo haber sido criado. Solo sé que salí de una gran explosión.

"Yo fui quien se burló de ella.

"Derecha. Pero debes saber por ley natural que ningún espíritu puede interferir en la materia. Entonces, continuaré atormentándote.

"Si continúas, te destruiré.

"Si me destruyes, también destruirás toda su creación.

Esta respuesta de la Tierra hizo reflexionar a Jesús. De hecho, esta era una gran verdad, y como amaba infinitamente a la humanidad, dejó de insistir. Luego regresó al cielo, encontró a su madre y la consoló:

"No he podido hacerlo todavía. Pero no te preocupes. Pensaré en algo para ayudarte.

"Sí, confío. Este joven todavía estará complacido. (Ella respondió)

23.2-Propuesta de Dios

Habían pasado ocho meses desde que Divino había terminado su curso de ingeniería eléctrica y su vida continuaba tan monótona como siempre. De novedad, solo finalización en el curso básico de informática. Sin embargo, no había aparecido ninguna propuesta de trabajo.

Si bien no alcanzó sus metas, continuó sus estudios para la competencia como de costumbre por la mañana y por la tarde, era el momento de ocio. Una de esas tardes aprovechó para meditar sobre la vida y sus implicaciones: Muerte, tiempo, futuro, fin. En este ejercicio, recibió la visita del criador que se comunicó rápidamente con él:

"¿Le tienes miedo a la muerte, Divino? Debes saber que la muerte no existe porque eres un ser eterno.

"Sé quién soy. Pero esto no es suficiente para controlar el sentimiento que me invade cuando pienso en ello: saber que todo lo que construí y con lo que luché se perderá con mi memoria.

"No te perderás. Vivirás a través de tus escritos. ¿Ha pensado en la cantidad de personas a las que ayudará? Su memoria no se les borrará. Recuerda: si no hubiera muerte, no habría vida y viceversa.

Estas palabras conmovieron mucho a Divino, y comenzó a llorar compulsivamente. Entonces Dios intervino:

"¿Por qué estás llorando? No llores si yo tampoco voy a llorar.

"No puedo explicar. Es involuntario.

"¿Lo que quieras? ¿Quieres que te haga lo mismo que le hice a Enoc?

"¿Cómo sería?

"Desencadenaría un huracán y te llevaría a los cielos vivientes. Todos los días, vuelvo a la tierra para conseguirle comida. Es hermoso como tú.

"No gracias. No soy mejor que mis padres. Tengo que cumplir mi misión. Además, moriría si entrara en un huracán.

"No me moriría, hombre de poca fe. No perderías ni un solo mechón de tu cabello.

Algo obligó a Divino a seguir llorando desconsoladamente. Entonces Dios intervino nuevamente:

"Basta, joven mimado. Mira, te prometo que serás el primero en resucitar en el nuevo mundo. ¿Sabías que hasta ahora los ángeles están llorando?

"Perdóname. Soy un tonto. ¿Cuándo llegará el nuevo mundo?

"Dentro de diez mil años. Si revela este secreto, no hay problema. Cambio mis planes.

"No te preocupes. Sé guardar secretos cuando sea necesario. Gracias por las palabras.

"Eres bienvenido. Bueno, estaré ahí. Cuando mueras, iré a buscarte. Más bien, quiero revelarte un misterio: eres una de las pequeñas partículas de Cristo Resucitado. En mi inmensa bondad, quería que mi hijo fuera eterno. Entonces, convertí sus partículas sagradas en espíritus. Eres uno de ellos, el más bendecido. Encuentro mi placer en ti.

¿No es sorprendente? Mientras el mundo llorará tu pérdida, yo sonreiré, para ti, volveré a mi hogar.

Dicho esto, el espíritu divino definitivamente se ha alejado dejando solo a Divino. Entonces reinó la tranquilidad.

23.3-La llegada de Gabriel

Amanecía.

Comenzaba un nuevo día y Divino estaba listo (en cuerpo y alma) para enfrentarlo. Su guía espiritual le advirtió: Se acerca un Dios convincente. ¿Qué quiere contigo?

Cuando se acercó, Gabriel descendió a su habitación con sus alas brillantes y comenzó la conversación con el ángel de Divino:

"¿Quiere decir que este es el hombre que Dios eligió para difundir su mensaje y acercar a la gente a la luz? Es maravilloso.

"Si es esto. Es el más hermoso de todos los que eligió a lo largo del tiempo (más por dentro que por fuera). (Ángel).

"Tan frágil y tan desprotegido. ¿Está preparado para asumir las responsabilidades de su misión?

"Por supuesto que es. Dios no comete errores. Con mi ayuda, tendrá un futuro brillante.

"Si necesita ayuda, simplemente llámeme. Estaré atento.

"Gracias. Llamaremos sí.

Gabriel saludó al ángel de la orden y bendijo a Divino. Luego comenzó a batir sus largas alas y finalmente se alejó. Ha sido una experiencia increíble para ambas partes.

23.4-Una nueva oportunidad

Barra de destrucción

Aproximadamente a la 1:00 am, la fiesta que había comenzado hace dos horas seguía siendo frenética: parejas jóvenes saliendo, innumerables parejas de baile, algunas estaban drogadas y otras se desmayaron en el piso (Vencidos por el efecto del alcohol).

Entre ellos se encontraba Gilbert (un joven lleno de vida, sueños y expectativas) acompañado de algunos compañeros. Descansaron en una mesa después de una intensa ronda de bebidas, comida y baile.

Hasta que en algún momento una chica le llamó la atención y al ser tocado por la bebida, decidió invertir en ella. Se levantó de la mesa, se acercó a la niña, la tomó por las caderas y le dijo:

"¿Qué tal salir conmigo?

"¿Qué es este hombre? ¿Estás loco? Estoy comprometido.

"Estás mintiendo. Nadie dejaría sola a una belleza como tú.

Será mejor que nos detengamos aquí. Déjame solo.

Ajeno a todos y sus peticiones, a Gilbert no le importaba. La besó con fuerza, la tomó del brazo y comenzó a sacarla del bar. Desesperada, la niña que se llamaba Cristina, comenzó a gritar pidiendo ayuda.

Su actitud llamó la atención de los presentes, incluida la de su novio, Eduardo, que se mostró un poco distante. Cuando se dio cuenta de lo que le estaba pasando a su amada, se enfureció y se fue a defenderla.

Cuando se acercó a los dos, con una agilidad increíble, liberó a la chica del descaro y se metió en una pelea cuerpo a cuerpo con Gilbert. Como estaba sobrio, aprovechó y, en el momento adecuado, sacó un puñal de su cintura que siempre llevaba. Sin piedad, se clavó en el corazón del oponente. Fue suficiente para inmovilizarlo.

En este punto, los demás se entrometieron. Dejaron la pelea a un lado, pero ya era demasiado tarde. El golpe había sido mortal y Gilbert había muerto en el acto. Solo tenían el trabajo de cargarlo y llevárselo a casa.

Mientras tanto, su espíritu comenzó a divagar. Encontró a su ángel, pero no se dio cuenta de lo que había sucedido. Debido al destino, él y su ángel se acercaron a Divino. Los mismos pueden escuchar y sentir el acalorado debate entre ellos:

"Ya falleciste. (Guardián)

"Estoy vivo. ¿No puedes verme? (Gilbert)

"Eres solo un espíritu. Tu lugar ahora es el plano espiritual. ¡Ven conmigo! (Guardián)

"No acepto. Yo era solo un joven de dieciocho años. Quería amar, caminar y tener hijos. De todos modos, vive. (Gilbert)

"Tienes que conformarte. Lo que está hecho ya no se puede hacer. (guardián)

"Quería una nueva oportunidad. Vuelve a vivir. Prometo ser una mejor persona. Quiero emprender nuevas acciones y darle más valor al milagro que es la vida.

Ahora, la emoción se apoderaba de él y de todos los presentes. Divino luego gimió y gritó:

"Papá, dale otra oportunidad. Que él nazca de nuevo y pueda lograr todo lo que no ha logrado en esta vida.

Inmediatamente después de esta solicitud, una luz brilló intensamente a su alrededor dejando a Gilbert impresionado:

"¿Qué luz es esa? (Preguntó)

"Es el creador. Escuchó la oración de este ángel. Casi todos tus recuerdos se borrarán y nacerás de nuevo. (Informó al guardián)

Conmovido, se acercó a Divino y en tono de despedida dijo:

"Gracias por existir. Nunca olvidaré lo que hiciste por mí.

Dicho esto, se fue con su ángel hacia la luz. Allí, comenzaría un nuevo ciclo de reencarnaciones, proporcionado instantáneamente por la oración de Divino.

Mientras tanto, el capullo de los bosques continuaría su saga en la Tierra en busca de su destino. ¡Sigamos adelante!

23.5-El encuentro con el diablo

La vida siguió. Incluso sin entender, con las experiencias que vivió, Divino abarcó una cantidad más significativa de información sobre las dimensiones existentes, preparándolo para la misión que estaba comenzando.

Aunque su papel no estaba claro, entendió que había sido elegido entre muchos por su éxito, logro y descubrimiento eterno. De él dependía transmitir esto de alguna manera al universo que lo acogió y que ya era demasiado tarde. Pero esto era algo para el futuro.

Por ahora, el momento fue uno de descubrimientos. Uno de ellos que marcó un hito fue el encuentro con el arcángel negro.

Este episodio tuvo lugar en un lugar secreto, espacioso, amplio, con poca iluminación y en ese momento Divino estaba completamente solo. Este lugar está en la frontera entre los dos mundos.

Fue entonces cuando se acercó el tentador y comenzó el diálogo:

"¿Quién es usted? (Preguntó Divino)

"Me conocen como el diablo.

"¿Qué quieres conmigo?

"Vengo a hacerte una propuesta. Quédate a mi lado y te daré el mundo a cambio.

"¿Por qué me quieres? Soy un hombre débil e impotente.

"No te deprecies. Tienes mucho valor.

"Saber. Pero de momento no me interesa la propuesta.

"¿Él está seguro? ¿Y si me enojo? ¿No me tienes miedo?

"¿Por qué sería?

"Soy un monstruo con siete alas y tres cuernos.

"Estoy viendo. Sin embargo, no estoy impresionado.

"Yo podría dominarte.

"Si hicieras eso, me moriría de aburrimiento porque mi vida es aburrida y está llena de sufrimiento.

"Esto es solo una fase. El boom seguirá. ¿Estás seguro de que no quieres pensar en mi propuesta?

"No. Simplemente no sirvo a tu reino porque soy bueno.

"Entiendo. Entonces somos enemigos. Aun así, admiro su esfuerzo y dedicación.

"Gracias. Mira, tengo una pregunta. ¿Podrías sacarme?

"Depende. ¿Qué quieres saber?

"¿Eres un ángel o un hermano de Dios?

"Lo que puedo decirte es que soy todo lo malo del mundo. Ni tú ni nadie pueden saber realmente quién soy. Si lo supiera, moriría. ¿Algo más?

"No. Gracias.

"Adiós. Todavía nos veremos.

Dicho esto, finalmente se alejó, desapareciendo de la escena. El hijo de Dios se quedó solo. Poco después, Divino se transportó de regreso a su hogar. Me iba a felicitar por resistir. ¡Continuemos!

23.6-La ciudad de los hombres

Otro momento importante en la vida de Divino, que ya tenía veinte años, fue el descubrimiento del secreto de las siete puertas. Con este nuevo activo en la mano, había accedido en varias ocasiones a un plano espiritual muy cercano al nuestro conocido como "Ciudad de los hombres".

En este lugar iluminado con características cercanas a nuestro planeta, descubrió una humanidad evolucionada, pero aún con restos materiales. Todos los que vivían allí tenían necesidades de alimentación, fisiológicas e incluso sexuales.

Este período fue muy productivo, pero terminó por renunciar a él porque estaba dispuesto a vivir su vida normal sin mucha absorción. Aún no ha llegado el momento de profundizar en estos temas.

El tema central estaba en la tierra y se enfocaría solo en él. Luego se despidió de la "Ciudad de los hombres" de una vez por todas. Fue traumático, pero extremadamente necesario para su salud mental.

¡La vida continua!

23.7- El pescador

Cansado de la monotonía y la rutina que había transformado su vida, Divino decidió dar un paseo promovido en su comunidad. El destino era la playa y, con cierto esfuerzo, su madre accedió a pagar su pasaje.

Con todo combinado, en el día y la hora programados, el minibús partió de Pueblo de las Hojas. Cruzando algunas calles, tomó el carril BR 232 y se dirigió hacia Recife. En aproximadamente tres horas de viaje, tuvo la oportunidad única de atravesar una variedad de ciudades que nunca había imaginado. Más prueba de que la vida no se limitaba a su fortaleza.

Entraron en la capital y se fueron a la playa para hacer un buen viaje. Ante el tráfico congestionado, tardó una hora más hasta el desembarque cerca del destino. Finalmente, salieron del auto.

Junto con sus colegas, Divino comenzó a jugar en la arena. Se quedó en este ejercicio por un tiempo. Luego se fue a beber agua de coco cerca de la playa. Fue en esta ocasión que le llamó la atención la presencia de un hombre blanco, bajito, grueso, anciano, de pelo negro y buena apariencia. Decidió acercarse. Cuando estuvo muy cerca, el hombre se dio cuenta y gritó:

"Hijo de Dios, ¿qué haces aquí?

"¿Ya sabes cómo soy? ¿Por qué pides explicaciones de algo que no te concierne?

A pesar del desagradable comentario de Divino, al hombre no pareció importarle. Tanto es así que caminó un poco más y cuando llegó a su lado retomó la conversación con aire serio.

"Mil perdones, pero es que percibí el sufrimiento y la angustia en tu corazón. ¿Puedo ayudarte con algo?

Extrañamente Divino sintió total confianza en ese hombre. Entonces, decidió contarle un poco sobre su atribulada vida.

"Sí, al menos escuchando. Mira, tengo visiones, sueños, presentimientos e intuiciones. Veo en ellos un poco del presente, pasado y futuro. A pesar de eso, no entiendo por qué viene en forma de acertijos. ¿Veo el futuro? Ya veo, pero no puedo evitarlo. ¿Veo el pasado? Veo. Los recuerdos no valen nada.

"No niegues tus dones. Los hacen especiales. Úsalos para siempre porque tu camino es ligero. No importa lo que piensen los demás.

"Tengo tantas dudas cuando estoy en el fondo del pozo: sin trabajo, sin amigos, sin fuerzas para seguir luchando. Además, he tenido visiones que aún no se han cumplido.

"Todo tiene su tiempo, muchacho. La tormenta en algún momento pasará llegando a la calma. Tener fe en Dios. Él te ama infinitamente y nunca te abandonará. Recuerda: entre todos los seres humanos, eres el único que no tiene motivos para dudar de él porque te dio innumerables pruebas del espléndido futuro que planeó para ti.

"Sí, lo sé. Conozco este plan. Todo esto aumenta aún más mi responsabilidad en el camino de mi vida.

"Bueno, ahora tengo que irme. Prepararé estos pescados que pesqué.

"Vete en paz, hermano mío y gracias.

"Eres bienvenido.

Dicho eso, comenzó a alejarse. Sin embargo, al estar a una distancia media, se volvió y exclamó:

"¡Que logres todo en tu vida!

Luego continuó por su camino habitual, desapareciendo momentos después. Divino luego regresó con sus colegas y durante el resto del día disfrutó de la gira sin comentar lo que había sucedido.

Al final del día, regresaron al autobús, iniciando el camino de regreso. A la hora programada, llegaron a casa normalmente y Divino aprovechó para descansar mucho. ¿Qué iba a pasar? ¡Sigan siguiendo, lectores!

24-El trienio (2004-2006)

Después del misterioso encuentro con el pescador, Divino volvió a sus actividades habituales sin mayores preocupaciones. La vida transcurrió con normalidad. En tres años, sucedieron algunos hechos relevantes. Las principales fueron: Nuevas aprobaciones en público y exámenes de ingreso, inicio de labores en la literatura como terapia, emergiendo así su primer libro, crisis existencial y nerviosa y hundiéndose en la noche oscura del alma.

En este período feliz, triste, convulso y complicado a la vez, contó con el apoyo de su familia y amigos más cercanos, contando con la paciencia de todos. Tenía veintitrés años y se sentía en deuda con todos.

Ahora era el momento de seguir adelante con mis estudios, otras actividades y trabajo como esperaba que me llamaran pronto. ¡Adelante, guerrero! Estamos contigo.

25-nuevo ciclo

Comienza 2007. Al principio, buenas noticias: Divino había recibido una carta invitándolo a presentar documentos y exámenes médicos en el concurso que había aprobado. Inmediatamente, lo mismo fue cuidar los detalles y después de quince días, todo estaba listo.

Y ahí fue. Recorrió unos 40 km (cuarenta kilómetros), tomó posesión y acordó los detalles del contrato. Comenzaría la otra semana y sería su primera experiencia laboral ganando un salario mínimo.

Fue un primer paso aun con todas las dificultades que entrañaba: distancia, bajo salario, inexperiencia, miedo y la posibilidad de reconciliarse con la universidad que empezó en una institución federal que prometía ser exigente.

Además, también era algo nuevo, y sintió que era el momento adecuado para cambiar de aires, conocer gente nueva, distraerse, reprimir su don que aún le molestaba y vivir sin miedo a ser feliz como dice la canción.

Estaba dispuesto a mostrar al mundo su potencial, a estar orgulloso de las Torres como los legendarios Víctor y Rafael, a tener el tan esperado "Encuentro entre dos mundos" que haría su destino un poco más claro y pacífico.

Volvería a intentarlo sin miedo a las consecuencias. ¡Lo que Dios quisiera! Buena suerte, Divino.

26-Inicio de trabajo y clases

Una nueva vida estaba comenzando para Divino con el comienzo del trabajo al mismo tiempo que las clases universitarias. Dos de tus logros. En el trabajo, fue asignado en la parte financiera del ayuntamiento y fue muy bien recibido por los compañeros de trabajo, tanto nuevos como antiguos. A los pocos días demostró su potencial y ya fue elogiado por él. Como primera experiencia, todos sus esfuerzos valieron la pena.

En la escuela, además de la oportunidad única de profundizar sus estudios y completar su educación superior (el sueño de los padres), la situación le brindó la interacción con más de cuarenta y nueve personas diferentes. Las construcciones del día a día eran ricas y no había forma de que se pudiera decir que la habitación era ordinaria.

La vida de Divino progresaba gradualmente con mejoras en todos los sentidos y las perspectivas no eran las peores. ¡Por suerte! Divino merecido por todo su esfuerzo. Pero aún no se ha definido nada.

Dos meses después, las circunstancias que siguieron llevaron a Divino a tomar una nueva decisión seria: dejar su trabajo. No sería esta vez que ayudaría a su familia. Los motivos de esto oscilaban entre descontrol del don, crisis nerviosa persistente, imposibilidad de conciliar con los estudios y el mayor (aunque no lo admitía) era una pasión abrumadora que lo consumía y que no tenía esperanzas de ser correspondido. Una vez más, se escapó del amor sin siquiera intentarlo. ¡No repitan este error, lectores! Lucha por tu felicidad.

Ahora su enfoque estaba solo en los estudios una vez más y todos en casa lo entendieron y lo apoyaron. Al menos esperaba controlar sus instintos y no volver a caer en la trampa de la noche oscura que ni siquiera quería recordar. ¡Tiempos crueles esos!

Se inició un nuevo "cruce» para las torres modernas.

27-Hechos importantes en cuatro años (2007-2010)

27.1-El libro estigmatizado

Incluso en el primer semestre de la universidad, Divino tuvo contacto con una pareja, dos figuras que se destacaron entre sus colegas. Una vez, en un trabajo en grupo, se inició un debate sobre religión y con la experiencia, que el joven mencionó fue una de las más activas.

No se sabe por qué, pero se dieron cuenta de su ingenuidad y en una conversación privada ofrecieron ayuda. Prometieron traerle algo que aclararía sus dudas. Sin darse cuenta del mal, Divino aceptó.

El otro día cumplieron su promesa y al final de clase le entregaron el libro. En pocas palabras, explicaron que era especial y que sería de gran ayuda aclarar ciertos hechos. Sin embargo, advirtieron que era peligroso quedarse con él más de un día. El portador incluso podría morir. Aunque intrigado, Divino lo aceptó y lo llevó a casa.

Cuando llegó, leyó algunas páginas y cada línea estaba más asombrada por los secretos que revelaba. ¡Ese libro fue realmente maravilloso! Después de unas horas, se cansó y se fue a la cama con el libro a un lado y esperaba tener el sueño de los dioses merecido. Sin embargo, encontró lo contrario.

En una noche atormentada, vivió cerca de los horrores de una guerra que involucró miles de millones de vidas. Cuánto dolor, sufrimiento, odio, por una causa injusta pero necesaria. Era como si estuviera allí con ellos, todo el tiempo y no había nada que pudiera hacer.

Así transcurrió la peor noche de su vida, rodeado de sombras, luz, gritos y sangre. Cuando desperté, estaba destruido. Con gran esfuerzo, se levantó, maldijo a la pareja y su actitud al aceptar el préstamo. No fue genial actuar de esa manera.

Por la mañana y por la tarde, se ocupaba de sus actividades habituales: estudios, tareas del hogar, escuchar música, leer un libro, ver la televisión, dar un paseo, ir a la biblioteca, charlar, etc. En todo momento, no pensaba en otra cosa que, en el libro maldito y estigmatizado, y él, como médium sensible, no sabía leer en absoluto. Estaba decidido a no repetir la experiencia nunca más.

Por la noche, después del baño, fue a la universidad llevándose el libro. No dejes tu recuerdo de que no pudiste quedarte con él más de un día. De lo contrario, era probable la muerte.

Llegó alrededor de las 7:00 pm, entró a la habitación 6 en el segundo bloque y se sentó en una de las sillas delanteras como de costumbre. Los otros compañeros fueron llegando poco a poco y la pareja aún no había llegado. Quince minutos después, comenzaron las clases.

Pasó el tiempo y para desesperación de Divino los dichos que no aparecieron. Hacia el final de la clase, su única salida era pedir ayuda a su gran amiga que siempre se sentaba a su lado.

Ella le explicó la situación en detalle y, afortunadamente, aceptó el libro para su casa, liberándolo de la maldición. Al menos había ahorrado tiempo gracias a esa formidable chica.

El otro día vinieron los dos y finalmente el libro fue devuelto a los dueños de donde nunca debió haber salido. Poco tiempo después, abandonaron el curso y se desconoce su destino. Lo que Divino sabía era que había experimentado una fuerza extraña debido a ambos y que nunca olvidaría. ¡Piérdete, libro estigmatizado! ¡Nunca! Así que esperaba.

Vida que sigue.

27.2-El sueño de la literatura

Como dije antes, Divino había completado su primer libro escrito a mano. Debido a las pocas condiciones que tenía, la única salida era escribirlo en el trabajo en las horas del descanso. Hizo esto durante un mes dando como resultado un total de 37 páginas.

Sin mucho conocimiento y orientación, lo registró en la oficina de registro a un precio desorbitado cuando lo correcto sería registrarlo en la biblioteca nacional de Río de Janeiro o en el correo estatal.

El siguiente paso fue enviarlo a un editor. Y lo hizo. Lo envió a una importante editorial de temática católica cuando el tema del libro estaba relacionado de alguna manera con la parte de los espíritus que contenía sueños, sonetos, ensayos y frases de sabiduría.

Tres meses después la respuesta: Falló. Fue un shock para sus pretensiones, lo que lo desmotivó un poco. Decidió dejar de escribir a pesar de que sabía que tenía mucho talento. El sueño aún no estaba al alcance.

27.3- Nuevos desafíos

Comienza el año 2008. Durante este período, Divino Torres continuó con su dedicación habitual a su estudio diario, ocio y actividades sociales. Sin embargo, su realidad de pobreza y soledad persistió con toda su familia y esto era algo que le molestaba mucho.

A finales del mismo año, empezó a despuntar una luz al final del túnel: Homologaciones en dos despachos públicos con puestos de trabajo cercanos a su residencia. Parecía que la situación finalmente iba a cambiar después de muchas peleas.

Si bien no fue llamado, aprovechó su tiempo libre para dedicarse a la lectura, salidas con amigos y fiestas. ¡Había que vivir la vida!

27.4-2009

Desde sus inicios, 2009 se presentó como un año decisivo en la vida del nieto de Víctor Torres, Divino. Entre los logros, la convocatoria para el puesto de auxiliar administrativo en el ayuntamiento vecino y la reanudación de su sueño literario, comenzando a escribir un nuevo libro.

Tres meses después, en mayo, ya se había adaptado a la obra y terminado el libro, 148 páginas en total. Sin embargo, decidió quedárselo por un tiempo porque todavía no tenía suficiente dinero para comprar una computadora y escribirlo.

El sueño de la literatura fue para después. El momento actual estuvo dedicado exclusivamente al trabajo y a la facultad de Matemáticas, que fue muy exigente. Ya estaba en el quinto período sin estar pendiente en ninguna disciplina gracias a tus esfuerzos.

En cuanto a la cuestión de la espiritualidad, estaba más controlada y desarrollada que nunca. Con su visión del futuro, ya sabía que sería un servidor federal y que tendría el éxito que se merecía en la literatura. ¡Esto alimentó sus sueños de conquistar el mundo!

Sigamos adelante.

27.5-El último año de la universidad

2010 comenzó prometedor para las Torres. Otro llamado a asumir otro cargo público (estatal) y Divino abandonó el ayuntamiento. Inmediatamente, comencé el séptimo trimestre de la universidad con muchas correcciones.

La situación financiera mejoraría un poco con él comenzando a ayudar con los gastos del hogar y esto fue excelente. Aunque no era el puesto ideal, cubriría sus gastos mensuales sin problemas.

Respecto al corazón, la situación era la misma: Siempre solo. Pero no le importaba. Todavía era joven y las posibilidades eran muy grandes. ¡Lo que sea que tenga que ser, a tiempo y en el momento adecuado!

Hacia el final del año, su vida se volvió más ocupada: Varios viajes y elaboración del trabajo de conclusión del curso. Todo muy rápido y bien aprovechado.

Por suerte, todo salió bien y finalmente terminó sus estudios. Fue el primer graduado de toda la familia. Orgullo por tu madre. A partir de ese día, solo esperaba el éxito después de muchas luchas, privaciones, obstáculos superados y mucho dolor. Pero había sobrevivido por su fe, por tener sangre vidente y por ser descendiente del legendario Víctor, un gran hombre del Nordeste.

¡Adelante, Divino!

28-Tiempo actual

Las predicciones se fueron haciendo poco a poco en su vida en los próximos tres años y medio. Se convirtió en un escritor publicado, se convirtió en un empleado federal y le encantaron varias veces tener experiencias interesantes.

Esta nueva realidad ha hecho posible tener un mayor control sobre tu obsequio, mayor contacto social, nuevas amistades y con el dinero que te has ganado puedes ser más útil a los necesitados. En resumen, había renacido como hombre y había transformado la vida de todos los que lo rodeaban. Había enorgullecido a los Torres y siempre seguiría luchando por sus sueños. ¡Hagan esto también, lectores! No importa las dificultades, los estereotipos, los prejuicios, ¡nunca te desanimes! A pesar de no haberlo conquistado todo todavía, Divino es un ejemplo inspirador porque nunca dejó de creer que era posible transformar su realidad.

"Si quieres ser universal, empieza pintando tu pueblo". (León Tolstói)

Fin de la visión

29-De vuelta a la habitación

La visión se ha ido. Renato y yo nos despertamos del trance y exhaustos nos sentamos en el suelo. El sanador espera unos segundos y luego nos ayuda a levantarnos. Con una señal, salimos de la habitación y nos acomodamos en taburetes en lo que sería la habitación de la cabaña.

Nos enfrentamos para enfrentarnos y con aire de curiosidad el maestro inicia la conversación:

"¿Qué pasa? ¿Fue fructífera la experiencia?

"Excelente. La historia de Divino me inspiró a seguir luchando por mis sueños. (Observó Renato)

"Rescatar esta historia fue importante para mí. Me llevó a una profunda reflexión y al final, llego a la conclusión de que tengo un poco de Divino y Víctor en mí también. Ya soy un ganador a pesar de todo. (El vidente)

"Muy bien. Ese era el objetivo. Estoy seguro de que a partir de ahora continuarán su vida con más coraje, fuerza y fe de lo habitual. Les deseo a ambos éxitos. Mi parte está hecha. (Curador)

"Me gustaría agradecerles por toda su dedicación y compromiso con nuestra causa. Gracias. (Renato)

"Ídem. ¡Nunca olvidaremos al Señor! (El vidente)

En ese momento, las lágrimas se secaron de sufrimiento y cayeron sobre el rostro del maestro. Nunca en su vida se había sentido tan amado. Si muriera en este momento, iría en paz.

"Gracias, amigos. Yo tampoco te olvidaré. Buena suerte y adiós. (Curador)

Los tres se acercan y se saludan con un triple abrazo. Al final del abrazo, finalmente se fueron. Afuera, tomaron el camino de tierra que los llevaría nuevamente al borde de la Carretera. Ahora, de vuelta a casa, después de tanto tiempo.

30-En casa

El viaje transcurrió sin problemas. Renato fue entregado al guardián y el vidente encontró a su familia en paz nuevamente. Después de extrañarlo, regresó a sus trabajos habituales.

Mientras no tuviera la oportunidad de otra aventura, disfrutaría de momentos familiares tan importantes. Así, esta tercera etapa terminó con la conciencia de misión cumplida. Le entristeció un poco la noticia de la muerte de sus dos amos: Ángel y un sanador.

Bueno, tuve que conformarme con estos hechos. Ya deberían haber cumplido su misión. Ahora quedaba continuar el camino del vidente que prometía ser largo y desafiante con su asistente Renato. ¡Que vengan entonces nuevas aventuras!

Conclusión

Habiendo expuesto los hechos, nos damos cuenta de lo importante que es creer en nuestros valores, ideales y nuestra fe, cualquiera que sea. Dirigidos por ellos y tomando acciones concretas, finalmente podemos lograr victorias particulares en cada paso. ¡Y no es solo ficción! Tenemos innumerables ejemplos en este país de personas y grupos ganadores que comenzaron prácticamente desde cero.

Mi consejo personal: Invierte en tu potencial sin medir los esfuerzos que el destino te mostrará. No es necesario ser súper. héroe o psíquico como los personajes del libro para llegar exactamente a donde quieres. Solo se necesita planificación e inteligencia para elegir el camino más corto hacia el éxito.

Espero sinceramente que todos los que lean este libro se sientan inspirados, salgan a luchar y alcancen la felicidad y el éxito que se merecen. Abrazos, un beso cariñoso y hasta la próxima.

El autor

FINAL

CPSIA information can be obtained
at www.ICGtesting.com
Printed in the USA
BVHW041040140521
607126BV00018B/2774